第一次甘蔗甜

——2005明道學院詩選

蕭蕭策劃／明道新詩班◎合著

「還記得第一次甘蔗甜，是在多少次咀嚼之後？
新詩的香甜一樣是在一次又一次的咀嚼：
蠡澤湖畔的徘徊，情的滋潤，愛的悸動裡。」

序

第一次甘蔗甜

——蕭蕭

學期結束的最後一天，學校東側的大片甘蔗田正在採收，兩個農夫開著採蔗機，一路開進蔗田裡，原是兩百多公分高的甘蔗，就這樣被捲進機器裡，毫無蹤影。我從四樓高的研究室望出去，兩甲多的土地就像剪子推過的頭顱，平頭的區塊逐漸擴大，濃密的髮叢一叢一叢齊頭剷除，曾經與我共處四個月的甘蔗群就這樣消失在我眼中，說真的，我是有著一點不捨的感覺，每次到研究室去，我總要在向東的窗口站上幾分鐘，瞭望這一大片田野，也許是由上往下望，不曾覺察甘蔗是否曾經長高過，好像一開始它們就這麼高，去年十月是這樣的高度，今年一月還是這樣的高度，如果真是高度不變，那麼，這四個月的時間，陽光、空氣、土和水，難道在它們身上都不曾起過什麼作用嗎？如果曾經起過什麼作用，那到底又是什麼光景？

小時候，我們家門口也有鄰居種了一大片甘蔗，好像發覺甘蔗存在的時候，它們就有

第一次~~~~~~~
甘蔗甜

一個成人那麼高，什麼時候長高的？甘蔗似乎不願意讓人知道。長高了以後，那幾個月的時間它們又作了什麼？甘蔗似乎只在風來的時候，「咳咳咳」乾笑了幾聲而已，誰也無從知道長長的四個月「咳咳咳」又能咳出什麼？小時候的記憶已經渺茫，如今又在四樓的高度，「咳咳咳」的乾笑聲其實也聽得不甚明確。

小時候鄰居種的是紅甘蔗，視覺效果甚佳，常常引動口腹的慾望，我膽子小，只能憑想像想像甘蔗的甜味，不過，只憑想像卻也能讓口腔生津哩！紅甘蔗，就是平常我們食用的甘蔗，很快就可以聯想到「餔」甘蔗時汁液暢流的快感。如今在我眼前的甘蔗則是俗稱的白甘蔗，台糖公司用來熬鍊為砂糖的原料，層層蔗葉包覆著，比蘆葦胖的身軀，視覺上感受不到甜的滋味，倒是蔗葉的齒刻和茸毛，令人煩躁不安，是人就不太想接近。因此，即使面對一大片白甘蔗田，任誰也無法望蔗生甜，津生麗水。

甘蔗田，雖然近在眼前，我們卻不曾親近它。

如果親近甘蔗田，或許更能瞭解甘蔗之所以為甜的原因吧！

至少，想像自己就在甜的原料田裡，那就是一種幸福。

雖然窗外風大，我仍然輕輕推開鋁窗，一股淡淡的甘蔗甜氣撲鼻而來。這是想像的甜味嗎？為了確定香甜之氣真是由鼻腔而來，我深深再吸一口氣，深深確信陽光、空氣、土和水，它們在甘蔗的身上起過作用，甘蔗在這四個月裡，不再抽高自己，卻努力於將陽光、空氣、土和水醞釀為自己特有的香甜。

學期結束的最後一天，你真的以為我只在描述甘蔗田邊甜甜的香氣嗎？其實，我正在翻閱學生的新詩作品，四個月的陽光、空氣、土和水也讓他們的新詩有著淡淡的甜香，雖然還有一些泥土的澀味，還有蔗葉的齒刻和茸毛令人煩躁，但是，第一次甘蔗甜的喜悅，不能不讓人揚起眉梢哩！

——二〇〇五年一月於明道學院

目次

【輯三】寂寞靜靜啃囓

【輯五】愛，在心中呼喚

目錄

【輯六】審視生命脈搏

輯一 情繫蠡澤湖

明道

——莫勝慈

在蠡澤湖釣魚，釣到的卻是
好大的一顆　火紅蛋黃
六隻鵝擺臀游啊游
游進以寒，梅，建構而成的
虛擬世界
一轉頭，剎那間，
我以為看見了在湖上賣力划船的
胡適先生

蠡澤湖

——劉怡偵

遠望蠡澤湖
宛若一明鏡
照見今夜的靜
照出我心中的思緒

昨夜
今夜
明夜
湖岸上
一次次的重現那明澈的天光

自敘帖

——高玉珍

中文系女孩
把墨盤刷 一聲翻倒
濡濕了王羲之的夢
她輕輕風乾了永字八法
擔心有一捺要葬身在她的手絹上
因為——
也許——
每一個墨跡都將成為一個永恆

她憶起國小的紅字帖
午後的陽光酡醉了李白的將進酒
窗外的松柏
抖落了五千年的窸窸窣窣

唐朝千年的風沙蒙住她的思緒
她心裡納著悶：「怎麼老師還不下課呀？」

她曾以為懷素的奔狂是她最終的歸宿
不羈的年少擺脫不了彼得潘的影子
怎奈一根反骨卻讓騷人墨客教壞了　強說愁
淚水釀成一盅成長
柔軟了一枝青澀的狼毫筆
轉眼間已是雲淡風輕

在她手指縫　間散落了一地的松煙味
透露出一種古老中國的內斂精深
一片落葉黏住她遙遠的思念
瞳孔底看得見滿池白鵝搔首弄姿
一篇自敘帖聽說寫的像幅潑墨山水畫

輯二

幸福在招手

幸福

——游珮宜

鍵盤上　我輕輕地敲下我想你
MSN的另一頭
我可以看見你滿溢的笑容
我偷偷的告訴自己
原來
你就是我想要的幸福

幸福的生活

——林育嬋

不知足的人盲目
尋找
夜空中的流星
沙灘上的紫貝殼
草叢裡的四瓣幸運草

忘記了
晨曦破曉聽鳥囀的詳和
寧靜下午喝咖啡的悠閒
夜深人靜看小說的愜意

迷失

——陳致穎

我遊蕩在街道 像失去羅盤的小船
往來的人潮是成群的魚
無視於我，自身邊穿梭而過
炫目街燈猶如滿天星斗
卻沒有一星一宿能為我指路
受困的小船 固執的搜尋不存在的島嶼
盼望能夠在濃濃灰霧中，看見
召喚回家的燈塔

吸管

接吻？
那不是我的任務
即使是火辣地吸吮
把我蹂躪到體無完膚
無所謂
我只是用了最簡單的方式
讓你　享受到期待的歡愉

——林廷陽

閑情

——黃煜中

數著風在稻田留下的紋路
遙想孩童時的飛翔
欣賞著衣上潤濕的調皮
感受著雲朵上　山的氣息　在十指間的流動
與世界另一端的犬聲對話
偎依的十指喝著1cc 的蜜

幸福

——顏惠敏

你　曾是我遙不可及的夢
那顆碰觸不到的閃亮之星
我　是你永遠不會看見的
一粒砂
你竟走入我的生活打亂我的思緒
我甘願沉淪
沉淪在有你的世界裡
不願醒來

如果

——林昱汝

如果思念
請折下一枝我愛的玫瑰
讓晨露代替眼淚
讓陽光牽引芬芳
讓悲傷蒸發在微涼的風中……

如果寂寞
請哼一首我愛的歌
讓音符奔馳曠野
讓樂聲稀釋痛苦
讓悲傷埋葬在溫柔的雨中……

音箱

略過清嗓的步驟
隨著歌迷的期待
譜出旋律和情意
一張嘴就是一首經典名曲
不停歇的演唱會

——陳佳妮

幸福詩篇

——林盈君

在餐桌上發現愛吃的布丁
如同在街道轉角處
發現
為我守候的你

難過流淚時
你寬闊的肩
如同寒冬的朝陽
無償予我依靠

冬天的感動

——邱麗華

褐黑色不是邪惡，等待著
白色純潔透露出濃郁香味，孕育著
幸福
黑與白的交織
牽動嘴角的弧度

幸福

——湯子慧

把內心的欣喜藏起來
裝模作樣，高雅的點一杯咖啡
呼吸著空氣裡的雀躍
等待落入陷阱的你

幸福

——劉彥宏

夸父的拄杖
化成山林綿延
老鷹展開雙翅
盤旋於山的胸前
風吹過樹梢
迴轉著美的曲線
我擁妳入懷
躺在吊床上靜靜望著藍天
自然的幸福總在身邊不遠

平安夜

——林章伶

月光
草坪
人潮
狂歡
報佳音
子夜鐘十二點整敲下第一響
齊聲數
一百
起敬
聖誕
祈願
相擁
微笑

麻醉

——蔣孟如

無情的冰冷空氣
狠心隔開
你想緊握的雙手
刻意的含糊傳遞
你欲傾訴的海誓山盟
別關燈
你知道我最害怕黑
無聲將我推進無底洞
逼迫我看著時光
再度倒流……

燈光亮了
你睡眼惺忪陪在我身邊

輯三

寂寞靜靜啃囓

獨

——胡少音

我抓下了一把星光點點
在我的心裡　慶祝脆弱
我框住了一湖星光點點
在我的眼神　裝飾堅強
我擦去了一行星光點點
在我的臉龐　修飾崩潰
我放下了一把星光點點
在人群中　收拾狼藉的回憶……
寂寥地　聽著曲終人散
寞寞然　歌詞只剩下半個我，零個你

鵝

——陳筱雯

一隻受詛咒的天鵝不能在藍天中飛翔是牠的宿命
無辜的神情
無奈的前進
一搖一擺
一搖一擺
走向破除咒語的可能情境

包裝的寂寞

——張雅婷

男女　　　　　　　　女男
女信任信任男　　　　男信任信任女
男信任懷疑信任女　　女信任懷疑信任男
女信任懷疑懷疑信任男　男信任懷疑懷疑信任女
男信任懷疑快樂懷疑信任女信任懷疑快樂懷疑信任男
女信任懷疑快樂快樂懷疑信任懷疑快樂快樂懷疑信任女
男信任懷疑快樂快樂懷疑快樂快樂快樂懷疑信任男
女信任懷疑快樂悲傷寂寞悲傷快樂懷疑信任女
男信任懷疑快樂悲傷悲傷快樂懷疑信任男
女信任懷疑快樂悲傷快樂懷疑信任女
男信任懷疑快樂悲快樂懷疑信任男
女信任懷疑快樂快樂懷疑信任女
男信任懷疑快樂懷疑信任男
女信任懷疑信任女
男信任信任男
女女
男

寂寞咖啡杯

——方奕文

快樂是花瓣的藍天
枯枝的白雪
脈動的香草
奔馳的校園
而如今　融鑄成一杯苦澀的咖啡
留下一口揮之不散的
深褐色的氣味

挑夜燈

——方奕文

當眾人已經乘著南瓜馬車而去
　夢幻的舞會在寧靜中進行
有誰會注意到
桌前的灰姑娘
正為了遲到的巫女
煩惱

灰色空間

——許曦之

寒犬不停深吠
燃一根孤煙
將自己埋入煙霧圈

我不要
向未來借時間
寧願選擇過量而窒息

再用
永無止盡的悲淚
濕潤墓碑……

遺忘

——賴宛琪

湖中一隻天鵝，暗自垂首，
玻璃桌上一杯喝了一半的Latte，沒人端走。
冷風吹著，
站在橋上發著呆的我。

孤單

——翁玉瑄

一支菸
一個打火機
一彎下弦的月
一縷奔月的煙霧
一個數算自己心跳的人

寂寞

——王少琪

驀然回首　已處於山峰
高處的清冷　蘇子懂　孔明懂
尤其當眾人圍繞，觥籌交錯
華麗的交響曲停奏
誰聽出那錯彈的一個音符

醉月

——江元裕

擁有的所有其實什麼都沒有，
抱著酒瓶等於抱著美夢。

孤舟上刻著屈原的名字，那字體我懂。
今晚有些消瘦，獨立在星群的妳。

寂寞三首

——趙晨妤

〈一〉

背著空的背包去旅行
一路收集別人的笑聲，填滿
好在渡口
踏上舟的時候
平衡寂寞重量

〈二〉

淡藍色茶杯唱出白色音符
窗邊
我呵氣　用手指畫一個愛心
一筆完成，沒有縫隙
然後假想
紅！

〈三〉

停電的夜
我翻找蠟燭
屋內有了微光

鄰居找來一群朋友
徹夜說笑以度漫漫長夜
而我
只是擁抱
擁抱自己　燃燒的溫度

前塵

——楊雅筑

避無可避退無可退
那便
　沉淪
世界的不完美不是我所可以要求的
世界
最後剩下的
愛
　恨
　　情
　　　仇
都是一紙廢言的
溫柔

穿雨的花蝶一去不返
碎裂的翅也曾得
一聲讚嘆
如今只是滿地不屑一顧的屍骸

前塵已是夢
那
就過了吧

秋

——林家生

老樹的葉子凋了
是西風幫它梳了頭

西天的浮雲黃了
是夕陽給它上了妝

秋天的腳步近了
是雁群為它帶了訊

悲秋的詩人醉了
是失意替他添了酒

蛇行

——顏祥潔

在沙漠

以眾鱗排擠塵沙，
觀盡千百丘新月
用冷血抗禦溫差，
徘徊萬般炙寒

吐信瞻星，
畫那碧翠海蜃；
無言冷覷，
帶刺的偶綠。

駱　駝著銀鈴賣力
成隊……

腹 與背上的寂寞相遇，
獨自。
在沙漠

寂寞的體會

——洪至璋

偶而心情會像乾扁的塑膠袋一樣，
風吹即動，無法決定去向。
在心情降落的時候，
一個人站在十字路口，
望著風中飄動的塑膠袋，
些微透氣，似乎枯萎卻充滿生命力，
彷彿紫石悄悄地鑽到袋子裡。
只能在夢裡，
被祝福而發亮。

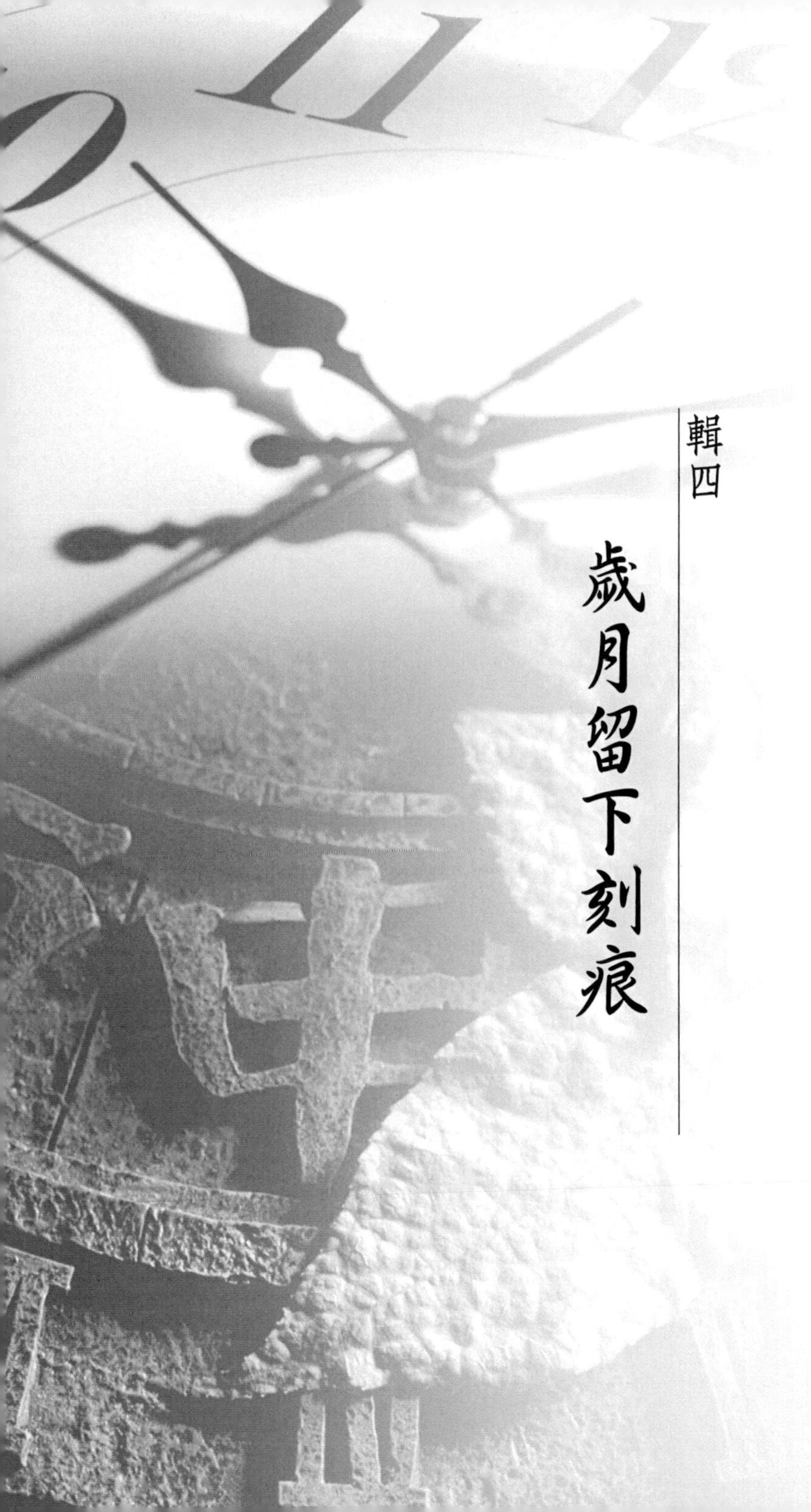

輯四 歲月留下刻痕

歲月

——游珮宜

一條條清晰的時間
一道道歲月的傷痕
在母親的臉龐　緩緩的種下
已紮了根的歲月
卻奪不了老母親對我們的慈愛
一如往昔般
讓我們又回到了孩提的時代

季節風情

——林育嬋

春天濕暖的雨露紛飛
表現了春天紅花的可人
夏季潮熱的陰晴多變
展示了夏季綠樹的哀愁
秋日涼爽的明月皎潔
揭露了秋日黃葉的寂寥
冬令清冷的寒風侵襲
突顯了冬令白雪的純淨

無形的老伯爵

——胡少音

夜裡，跛腳的老伯爵
踢踏　踢踏
不斷地向現在走來
他從不知名的從前開始起步
沿途走過一切的曾經
如今都在他的腦後
他把過去埋藏在心裡
只不斷地向現在邁進
踢踏　踢踏　踢踏
他從白天不斷地走入黑夜
但人們只會在夜裡寂靜時
才聽見他的腳步聲
踢踏　踢踏　踢踏　踢踏

他不停地走著
從不眷戀
從不會因為人們的呼喊、哭鬧、怒吼、哀求……
而停止腳步
甚至連回頭也不屑一試
他的終點
沒有人知道
也許是在那遙遠的
世界末日以後的
無窮遠處

瘡疤

——許曦之

開完刀後，爺爺身上爬了一隻蜈蚣
奶奶用愛心釀製紅藥水
平復還在隱隱作痛的傷疤

多年後
爺爺開始學會獨自包紮寂寞
癒合的傷卻耐不了指尖
以思念　輕摳
心口隨夜晚的到來再度狠狠發膿

演講

——楊智舟

呢喃聲潛入耳際
濃郁睡意召喚入眠
在惺忪中掙扎
我催促著時間快走
不要等掌聲喧嘩齊下
步入天堂

老照片

——王萱婕

走進時光的洪流
我在其中遊走
吸引我的是些微的光暈
一張張泛黃的回憶
我在時光的洪流，不停地獨自行走

故事

──張逸涵

年少是一個掐不破的布丁
滑嫩的青春是華麗的封面
用哀樂中年去書寫
通篇骨骾

年老是縐了的一潭水
鬆跨得撐不住青春
卻繃緊成一個張力十足的　故事

十九歲

——林家生

昨夜於今晨消逝了
歲月的河
沖走我未完的夢

鐘乳石

——陳伯政

我本是無心來到的過客
因緣際會造就了一段的永恆

從前我高高在上
看不穿后土她臉龐下的血脈
本以為從從容容的降下
只為發洩母體沉重的負擔
生命不就是如此
上天下地本是吾輩輪迴必經之苦
就這樣落下吧

然而　我還是不甘於平凡
沒有雷電交加的推波助瀾

就顯不出我等渺小偉大的地方
我氣勢磅礡的來到
大有睥睨蒼生之感
然而　人才總有被埋沒的遺憾
逃不出宿命的刁難　我　終歸平凡
長眠於地底的一端
長眠
不知多久的日轉星換
醒來我已置身石灰岩的溫床
身上滿是鈣離子與次碳酸離子的芬芳
我納悶　怎有如此地方
是天上不曾有的強烈壓迫感
難過強烈充斥我心房
彷彿是二氧化碳將被抽出的恐懼感
生平第一次面對死神的召喚

在被蒸發之前
我選擇不被遺忘
毫無疑問
我成了鐘乳石催生的手掌
正步向永恆而漫長

在石灰岩罅隙
達於岩洞頂端乳石試煉途上
我越往下方越是抽離感覺越是強烈越是痛楚
生命在這條路恍若無盡漫長
恍若身陷永劫輪迴
恍若地獄永沉淪
恍若亙古孤獨的淒涼
……

…

·

終於

噠

滴下生命醇美而甘甜的汁液

我歷盡人所不能之苦

終於塵埃落定　終於乳石成形

然而啊然而

再次的輪迴

朝天積累成形昇華

我二度受盡無盡等待的無止漫長

受盡無盡等待的無止漫長啊

百年過去了
千年也過去了
萬年呢
早已無法計算了
天地合一的瞬間
是石筍儼然得道成仙
化為石柱的地久天長
但那已是千萬年過去的久長
轉眼一瞬千年
嗚呼此身漫長
不在乎人們知不知道
我本是無心來到的過客
因緣際會造就了這一段的永恆

夢

——劉先寶

那如詩如畫美景
不停在心中盪漾
美麗花朵
動人漣漪
彷彿大地唱著音層旋律
告訴我大自然不可知的秘密
細細聆聽
如癡如醉
突然
天搖地動
一切都成夢幻泡影

輯五

愛，在心中呼喚

驪歌

——周欣揆

可不可以為你戴上紅花？
在歌曲還沒結束前
好不好給我一個緊緊的擁抱？
好永遠記住你的體溫
接下我手上的高腳杯好嗎？
讓杯中的烈酒代替今晚的淚水
可不可以再喚一次你的小名？
要記得曾經有這麼一個人與你如此親暱
記得互通電話好嗎？
不論發生何事，我還是你的靠山
好不好讓我在你的書上留筆？
讓我用蒼勁的筆力刻下——勿忘我

玫瑰式的愛情

——林育嬋

當你擁有一朵玫瑰
不滿足的你
想要更多玫瑰

當你得到更多玫瑰
不快樂的你
只要一朵玫瑰

最後
不苛求的你
擁有一朵玫瑰卻成為奢望

放我

——胡少音

一息靈魂尚存於一身無用的皮囊
解脫軀體後　可以得到自由嗎？
還是又成了另種形式的拘囚？

我的軀背垂降而下
靈魂脫離了身體無力空盪
墜下去的爛殼
地上的人收拾　拼裝　安葬

我可以給你此生的骨肉
但誰可以把永世輪迴的操縱還我？
我可以灑脫放手
你可以灑脫放我嗎？

英雄

——方奕文

英雄當對酒？對劍？亦對紅顏？
在星辰劃過天際時　妳第一次問我

我輕唾琥珀色的毒藥
遠眺東流而去的浪濤
太白亦不及我豪情萬千
這
是英雄？非英雄？

我輕跳銀白色的舞蹈
仰望高懸天際的明月
奉先亦不及我氣吞風雲
這
是英雄？非英雄？

我輕擁桃紅色的胭脂
坐看遠方地平的夕陽
項羽亦不及我柔情綿綿
這
是英雄？非英雄？
英雄當對酒？對劍？亦對紅顏？
當曙光乍現天際時　妳又一次問我

千年之戀

——張聖偉

黃沙淹沒了藍天
戰馬嘶吼掩蓋了琵琶聲
亡國揭開羽衣曲的真面目
長城嘲笑著驪宮的無知
安史扮演著無情的赤道
刻出了生與死的極限

皇上啊
我將生命化為帶你逃亡的翅膀
但請將長生殿化為你心中的刺青
我數著飄落的沙
等待已不是我的義務
千年的時差已經將你洗腦

你用遺忘將承諾贖回

伊人啊
當風捨棄了綠葉而去
有句詩還刻在風箏上
　在天願作比翼鳥
　在地願為連理枝
　天長地久有時盡
　此恨綿綿無絕期

變心

——賴宛琪

水晶，一如人心
純白潔淨。
鑽石，猶是人心
堅強不摧。
煤炭，就是人心
黑，而且容易變型。

開始生命的人是純白，
奮鬥的人是鑽石，擁有信念。
死心是黑的，因為伸手一揉，就碎了……

蝴蝶戀

——羅兆每

拿起紙筆　寫下一段千年傷
畢竟流淚的生命踏不出傳說

沉默淚眼七世紀　還是無法逆轉這寫滿嘆息的宿命
命運在恩將仇報　我倆卻只有奈何兩字拉成橋
努力想篡改這戲碼　還你一個雙飛的約定
可惜這是注定的傳奇　更是循環不息的悲劇

我終究要回到那千里孤墳
相對無奈　只有淚千行
醒也苦　醉也苦　他日重逢天涯何處
一再錯過的是轉世的臉頰
被禁錮的孤魂談完這次翩翩之戀，只好

拿起紙筆　寫下一段千年傷
畢竟流淚的生命踏不出傳說

憶亡母

——翁玉瑄

冬日的爐火　是你在挫敗中給予的鼓舞
春日的東風　是你無微不至的呵護
夏日的艷陽　是你嚴厲又不失慈祥的教誨
秋日的落葉　是你一去不同的痕跡
日夜浮懸的雲　是我對你的思念

尋找

——廖慧婷

在我的世界尋找
　尋找　賦格中的平靜沉穩
　尋找　四重奏的錯落和諧
　尋找　霓裳羽衣的飄然輕雪
　尋找　法國組曲的豐富多變
　尋找　邀舞的嬌柔華麗
　尋找　春之祭的律動與喧鬧
尋找與你相似的味道

茉莉花

——蘇茵慧

你離開時
那茉莉花剛剛綻開
帶著滿園的香氣
你說你會再回來
今年茉莉花又開了
你在哪一座香水海？

愚人碼頭

——蘇茵慧

星光下的渡輪
承載著悲歡離合
在漁人碼頭邊
我是那被沙堆掩埋的紫貝
我寧願是個愚人
躲在那幽暗不見陽光的沙下
也不願將我的心
隨意遭踐踏

雪花

——陳正其

如果，我是你心裏一種
那　會是什麼？
如果，你是我心裏所有
那　會是如何？
如果，給你一千零一個提問
那　你回答哪幾個？
如我，輕靈躍動，如你，細細殷勤
沉睡上千年的時間
換取一刻剎那煙火
同遊天下
不悔依舊是執著
是最初　是相識
是人潮散漫的間隙
與你遇上

不悔我還是執著

如果，仍舊是如果
如果不是執著
天下的燦爛
只是一種沒有結束的結果
如我，殷勤接下你給的溫柔
如我，輕靈躍進你唯一的溫柔
我，不再是我
你將承接我於掌中
多少感動的感動
於你心中我是無限的漂泊
於我心中你該當那煙火

原來，你是我掌心
　　一片——雪花
我能說你是盛夏的煙火嗎？

密碼詩 —梁順霞

4NJ4SU3VM B;4JI3EL
EJ0 M6U4VU, 5/454、CJ;3U06、EP VU4SM,42K7VUL3AU4AU4
XU3T; M41I6G4J;4RU4Q O4VUP 2K7XL3CJ8 U03RU/4C96UL35J4WU/ FU4
RM4GJI NJO6CJ42K7W.61U38 1U032K72J4Y7U/4
VU04 XU4DK4U.4UP3VU/6
XM3ZJ4YJ/3WJ/32K7EJ935;4VU;42JI X8 AA/42K72L4RM4 .3-6TJ TJ

vu/65/4284x.62u04wu u6vu84wu/6u6vu84y.3u3jo6214xk7ej0 xji4up
-6AU/62L4N0 284FU6RU：U/3T4TJ/6、284h; u/6、j6dj/31j6bj42k7k4xu/6
c94tj/6bk4fu/6m/3114su3 xu/6rm wu6vu/3sup6：co vu/ g.3fu; g41u41o4104g.3xu3
j b03su32k7cj06ru/4zj3g6su32k7g/ cji6hjo cji3su32k7fu.6g/ m/3fu4

u,4j03c06x/3 e03al4dl4y4ru3
u4su06n4ru4m/3m06cji6y94bk4294g8 ai4fu4c.4fm 196wu0 u06bk4
ji353ru04214xu.45 zo6k6xu356fu45j;4y94cj61u0 q96z;4zo4fu4j4wu3
tj06gji xu6yk6cj6xu3w.6u.3g6bp6m6 k4m6 gjo3ej9452/3xo4n42k7xu.6u06zo3m3

yji6b4h0 ru8 aqu/6ru04gji au/6 54h65k32k7m3fu4b;4ji3hji4rm
ji31j4vu3cj0 ji4qu qu/6-6qu qu/6 204e/4u04j4vm fu/6ru83u4
Au/6vul45/4284u.3「bk4gjo3j6vu04cl3」ji3ap7u.3「vup4vup rup4cj;6cjp 」
6w8 vup4z/4ej/4t035j3u4
s06214ji3ji3ap7ul4jo61o4ul4m42k71p356m/41u3yji4vu4 ?

【以下譯文的有效期限只有四分鐘】

妳什麼都不用說
就讓我　寂寥一人
靜靜品味你的美麗與哀愁
三月的雜沓跫音擾亂一天地的靜謐
清矍脫俗　宛如將馮虛乘風而去
霪雨霏霏　雲為裳　水為珮
以彩虹繞成同心結

側耳傾聽夏蟲喧囂
摯愛的曲，迴盪於這片繁星之下
梅實累累
妳手中的詩經掠過了摽梅這篇
艷紅楓葉飄入你的札記

火熱奪目　也染了我滾燙的心似血
趁最後的回憶消蝕前
把你給我的回憶　秋收冬藏

梅落輕輕　侵不進兩人世界
嗅著　鼻端似乎還浮現冷冽幽香
一如你辭別的雲淡風輕
踏上有過照映彼此的　街燈漁火
我知道　　踏碎的不是斑斕餘暉

青春易位

——張逸涵

我吸吮妳的青春以茁壯我的青春
我啃蝕妳的面容以立體我的面容
原來　臍帶一直沒斷
妳的子宮負載二十年
時間的重量

樹

——吳晉安

枝葉中的紅花是你淺淺的微笑，
失去的時光，在你的枝芽上漸漸升高。

飄零的落葉，隨著寒風逝去
記憶中你可曾記得那春意盎然的美好？

幻滅

——林新智

一份愛能承受多少誤解，使兩個人一起熬過寒冬
一句話能撕裂多深的牽連，使兩人變得比陌生還遙遠
幸福為什麼都是夢幻，一旦靠近，就該清醒
或許愛情就像落葉一般，看似飛翔，事實上卻是在墜落

鞋盒五個半

——趙晨妤

一年買一雙鞋
從球鞋到高跟鞋
我把空了的鞋盒
填進秘密
上櫃書的高麼那我個一之分二又一到堆盒鞋將尖腳起踮
以為年輕的心事
都會是年老回憶的鑰匙
包括　那些令人悲慟的你和我的歷史
五盒半有六種心情
喜　怒　樂　悲　哀　怨
藏在書房書櫃上——我以為靜謐的地方

而情緒隱隱地砰砰然
直到多年以後
收藏的意義才逐一消逝

第六盒只有一半
我將他塵封，讓秘密永遠是秘密
讓歷史只能是歷史
鞋盒，只是裝載了沉甸甸的記憶
一盒一盒向上堆疊在變成有兩個我那麼高的書櫃

他，太
高
漸漸離開我的視線
就算不是九霄雲外
也離我兩個身長遠

歸鄉

——趙晨妤

踏上遍黃的土地之後
我不能不　默然
井邊的白髮婆婆
也只是無語
散亂的髮絲　殘存著曾經　　痕跡
好大一宅院
木窗和
用紙糊了又糊的窗櫺
還有，糊不起來的傷痛
站在門檻外的我
歷史吹過
承受　三條臍帶長的悲，和
視而不識的刺骨

思念

思念是一條綿延不斷的線
朝你的方向不斷蔓延
我將想念傳遞給你
盼　你我間的想念
會在這條線上
不期而遇

——詹姿婷

等待

——詹姿婷

夕陽西下
倦鳥歸巢
你　何時才要回家？
無盡的等待
換來白髮滿頭，容顏蒼老
你　究竟在哪裡？

我躺在你的懷裡寫詩

——胡靜怡

我躺在你的懷裡寫詩
寫你的一顰一笑
你的一舉手一投足

我以為能在你懷裡寫詩是幸福的
可是我寫的多好都寄不到你心裡
原來你的心在為另一個誰寫詩
寫你的迷戀，你的思念

我的淚倒映你眼中的滿天煙火
卻不是為了我閃爍
你懷裡的溫度是一場騙局
我筆下的美好

卻是套住你飛的牢籠

那麼，我停筆囉
讓你心裡的誰也躺在你懷裡看你的詩
雖然我也不知道
完美幸福的 ending 在哪裡

桃花

——楊雅筑

去年今日此門中，人面桃花相映紅，
人面不知何處去，桃花依舊笑春風。
【題都城南院——唐．崔護】

清明雨過
白潔的衫履盡是
匆匆的紅塵　餘色

小巷灰樸乍見
一院桃花　如春來一夢

銅環餘音未絕
女子艷若滿院春桃

清茗如酒半醉
傾心

翌年
雨粉紛紛小巷依舊
而　注定
老嫗涕淚縱橫嘶啞
晚了
相思一縷　傷

她
桃花盡落

裙襬，在徵求

——顏祥潔

接受風的煽動，
我嬈出最撩人的姿態
就是要你
目，不，轉，睛

心動嗎？
伊甸園中的禁果，
已經熟透
甜得可以釀你成蜜

有誰願意呢？
來嚐一口我百褶盪出的香醇

誰說我們戀愛了

——劉彥宏

走過
議論四起
喧囂的眼裡
似乎停留在某個點上
一種目瞪口呆的神情
哇
恭喜

誰說我們戀愛了
那緊緊貼住的手

戀戀記事

——洪至璋

多希望喜歡上一個人
用最簡單的方式
夾雜著許多煩惱和慾望
不斷的猜忌，來來回回的試探
想要靠近
妳

卻遙不可及

假如我會寫詩
也許可以
藏在那隱諱不明的詞句中
任憑分分秒秒流逝

記憶點點滴滴，消失

但我不會寫詩
只能任澎湃的心跳
潮起又潮落
在想妳的時間，有你的空間
翻騰著

到最後，一個人跌落深谷
嘶聲吶喊，也不過是一場鬧劇吧
陷入泥濘中，進退不得

請原諒風的無禮
風吹過，心涼了，
妳被時間推著走

會不會回頭
我等著
風吹過

妳我

——江雅筠

妳是我暮色裡　悠悠的天籟
虔誠的祈禱一地的月光
細細織以茉莉的清香
守護已然疲倦的夢境

我想　念妳
那星辰中閃爍的歡喜
緊握的手心
緊握一枚溫暖的淚滴
記憶中鏤刻的美麗

妳是池畔溫柔的睡蓮
從不追尋蜻蜓不定的蹤跡

只是嫻靜的梳妝
在風裡淡淡的微笑

距離切割依偎的溫度
卻繇繇翻飛出潮聲中
溫柔的　妳的雙眸
凜冽中蓬鬆的冬陽
在我心底翻飛　朵朵的　如雪的蝶
漾過浪潮
再做我身後 從未遠離的容顏

讓我做妳的草原
爲妳舞一段晨曦的絮語
柳枝的依依
韶華裡未曾迷離的執著
並肩的妳我

覓蕊

——韓苾蕊

踏上充滿荊棘的道路
但我不會怯步
縱使天空降下了冰雹
刮起了風雪
就當成是鍊我　激我
成長的墊腳石

心中確信
愛　永恆
夢　亦永恆
停滯的是
所有不再的悲傷過程

走　走下去
終有一天我會到達
那遠離塵世
屬於天使的聖殿
一座花團錦簇的園子
看　一株兀自綻放的鮮花
花中藏著的
是我永遠的夢　永遠的愛
蜜蕊

我們不孤單

——林韋伶

伶仃、伶丁、零丁、孤另、孤獨……

是誰發明同義複詞，
讓兩個孤、單加在一起，還是孤單？

——不過
到底還是有個伴呢！

蝶與花的對話

——黃麗娟

但願我不是一隻蝴蝶
當我終於遇見妳的時候
我寧可自己是支撐妳的花托
抑或是那滋養妳的雨露

甚至我願意為妳卸下雙翅　捨棄飛翔
在妳凋萎的那一刻
伴妳一同步入死亡

如此　我們便能相依偎
直到永遠

此時你卻是一隻蝴蝶
當你終於遇見我的時候

你無法成為支撐我的花托
更何況是那滋養的雨露

甚至你也不需為我卸下雙翅　捨棄飛翔
我希望在凋萎的那一刻
悄悄地獨自遠離

終究　我們不能相依偎
更別說永遠

地心引力

——黃麗娟

假如　我不願放手
你也別想從宇宙逃脫
倘若　我繼續想你
你也別想輕易將我忘記
如果　我仍然牽引著你
你怎麼能不牽引著我

沉默

——王綺能

黑暗
是影子沉默的背影
深藏著不為人知的秘密

沉默
依舊是沉默承受

給我的俊逢

——紀谷蓉

黯淡的月光
死寂的黑暗
看不見精采
聽不著喜悅
摸不到溫暖
沒有你
我是枯涸受傷的大地
耀眼的陽光
鮮豔的讚嘆
看見了希望
聽見了感動
摸到了幸福
因為有了你
我是滿溢甜蜜的湖水

輯六

審視生命脈搏

魔鬼・天使

——張寶璇

魔鬼遇見了天使
愛上她的潔白純靜
天使撞見了魔鬼
戀上他的神秘誘惑

魔鬼對天使說
我們結合吧
讓我倆永不分離

於是他們化為心房與心室
成為生命的泉源

人心，魔鬼與天使的結合體

懂了

——蘇茵慧

總是有些事容易被遺忘
總是有些事無可奈何
總是有些還弄不太明白
就在輕聲嘆息間
都飄向那輪掩映的明月
逐漸圓滿卻又急速殘缺

蝶祭

——林昱汝

二十世紀末
人與人之間口耳相傳著
亞馬遜流域的一隻蝴蝶揮動翅膀，
會掀起密西西比河流域的一場風暴！

恐懼促使人們用盡各種方法
將蝴蝶斑斕的薄翅一一卸下

西元3436年
蝴蝶已成為
許多個世紀以前流傳的
最美麗的神話

虛擬蝶翅上磷粉閃耀著微光
白色螢幕上
偽裝蝴蝶的色彩舞動
掀起人們的瘋狂

幽深的谷底
夜蝶飛舞
彷彿是在嘲弄人類的無知

有一個兩千多年的地方

——鄧伊均

白雲出岫　環山而繞
青山傍水　水漪山行
多少紅塵在其中　多少言語不盡中
英雄豪傑遺芳千古
偷賊掠奪遺臭萬年
然而　遺漏的事跡　又有多少
在這號稱兩千多年的地方
不停輪迴　更替　演變……
種種一切留在竹簡　留在絲帛　留在黃紙上
那些留不住的去哪了？
白雲知道嗎？
青山知曉嗎？
流水明白嗎？

第一次～～～～～～～～
甘蔗甜

兩千多年了啊
遺失了多少
遺留的又有多少

衛斯理

——江元裕

我什麼都不信，你所謂的遭遇

你為不可思議代名，廣告費是外星人塞在你手裡
一根髮絲足以絆倒象群，你說這無須訝異

無窮無限無涯無盡

別把想像力禁錮在腦袋的監獄
只管到土星的光環打太極
每個人的權利

有隻鸚鵡
切換著數千種言語
播報兩隻武裝螞蟻正往地球進襲

我什麼都相信，你所謂的樂趣

趕快射穿那執政者的身體
讓人民目睹那藍色的血液

我夢見莊周夢蝶

——張逸涵

我夢見莊周夢蝶
莊周是蝶的一場夢？
我是蝶夢莊周的夢中夢？

蝴蝶遇見莊周　莊周預見蝴蝶
於是
莊周預言了寓言

熱血

——廖梅琇

一口深不見底的井
倏忽　噴滾著成千上萬的血泉
一隻蒼蠅不小心啜飲幾口
立即　暈厥

霧

——鄭宥均

飄浮在空氣中的水蒸氣
是整形科的醫師
將大地的缺陷覆蓋
將人類的視力退化
讓不完美的一切
在此刻
成了一幅美麗的圖畫

人生

——葉靜茵

隨時開演的舞台劇
標榜即興臨演
沒有劇本
沒有導演
只有一個舞台
喜怒哀樂，全然真實呈現
台下的觀眾也會是表演者
但是有誰會真正的駐留欣賞結局？

惺

——林新智

迷濛著雙眼，看著寒冬夜裡那孤寂的一顆星
燃燒著無窮的生命力
傳遞著一份訊息
直到遠方的人抬頭看見他的淚滴

丑

高柱上
演出危險的快樂
用滑稽取悅所有的臉龐
讓每個人　每台相機
找到世界的有趣角度

——湯子慧

解剖

——陳毓旻

刷手、戴手套
穿上白袍

駐足大體老師旁
虔敬默哀
一分鐘

循著教授的速度，手持
解剖刀
緩緩劃下難忘的
亦是捐贈者慈悲的
第一刀

第二刀　劃進深層的內襯
也切斷前世俗緣
赤裸的內臟
誠實的坦露在眼前

刀起刀落間
已然不成尊嚴
遑論尊卑貴賤

一切
塵歸塵，土歸土……

後記：這是我來明道前，上解剖課的真實情景，驚心動魄，令人震撼，因而從中領略人生無常，一切終將回歸自然！

稻草人的自白

——陳鈺淑

黃金般的稻穗　是我的家
當風妹妹來探訪
我的家　開心的手舞足蹈
對面的甘蔗鄰居　得了巨人症
整個家族都高到嚇死人

有時候覺得自己很偉大
是這個家的看守人
但常常因為無聊而默默睡著了
有時候，站著站著就發起呆來
有時看到天邊的白雲　孤單的哭了出來
沒有人安慰
有時想要一個人靜一靜

卻被一群麻雀吵了　啄了
拜託！我不是樹木　你也不是啄木鳥

淡水餘暉

——林書漢

最後一艘的渡輪駛離淡水河畔
黑白的照片留下歷史的剪影
時間回到百年前的老街
一群流浪的羅漢腳露出蛀齒
正等待著馬偕博士的鐵鉗
夕陽染紅了蒼意的天空
映照同樣鮮紅的水筆仔
和屬於那年代的招潮蟹
相隔一世紀後
依然不變的是
熱鬧喧騰的老街
永遠沉默不語的觀音山

國家圖書館出版品預行編目

第一次甘蔗甜：2005 明道學院詩選/
明道新詩班合著. -- 一版
臺北市：秀威資訊科技， 2005 [民 94]
面； 公分. -- 參考書目：面
ISBN 978-986-7263-12-4（平裝）

831.86 94003344

語言文學類 PG0053

第一次甘蔗甜

作　　者 / 明道新詩班合著 蕭蕭策劃
發 行 人 / 宋政坤
執行編輯 / 李坤城
圖文排版 / 莊芯媚
封面設計 / 羅季芬
數位轉譯 / 徐真玉　沈裕閔
圖書銷售 / 林怡君
網路服務 / 徐國晉
出版印製 / 秀威資訊科技股份有限公司
台北市內湖區瑞光路 583 巷 25 號 1 樓
電話：02-2657-9211　　傳真：02-2657-9106
E-mail：service@showwe.com.tw
經 銷 商 / 紅螞蟻圖書有限公司
台北市內湖區舊宗路二段 121 巷 28、32 號 4 樓
電話：02-2795-3656　　傳真：02-2795-4100
http://www.e-redant.com

2006 年 7 月 BOD 再刷
定價：170 元

讀　者　回　函　卡

感謝您購買本書，為提升服務品質，煩請填寫以下問卷，收到您的寶貴意見後，我們會仔細收藏記錄並回贈紀念品，謝謝！

1.您購買的書名：____________________________

2.您從何得知本書的消息？

☐網路書店　☐部落格　☐資料庫搜尋　☐書訊　☐電子報　☐書店

☐平面媒體　☐ 朋友推薦　☐網站推薦　☐其他__________

3.您對本書的評價：(請填代號　1.非常滿意 2.滿意 3.尚可 4.再改進)

封面設計____　版面編排____　內容____　文/譯筆____　價格____

4.讀完書後您覺得：

☐很有收獲　☐有收獲　☐收獲不多　☐沒收獲

5.您會推薦本書給朋友嗎？

☐會　☐不會，為什麼？____________________________________

6.其他寶貴的意見：____

____

____

____

讀者基本資料

姓名：____________________　年齡：______　性別：☐女　☐男

聯絡電話：________________　E-mail：____________________

地址：____

學歷：☐高中(含)以下　☐高中　☐專科學校　☐大學

☐研究所(含)以上　☐其他_______________

職業：☐製造業　☐金融業　☐資訊業　☐軍警　☐傳播業　☐自由業

☐服務業　☐公務員　☐教職　☐學生　☐其他__________

請	貼
郵	票

To：114

台北市內湖區瑞光路 583 巷 25 號 1 樓

秀威資訊科技股份有限公司　　收

寄件人姓名：

寄件人地址：□□□

(請沿線對摺寄回,謝謝!)

秀威與 BOD

BOD（Books On Demand）是數位出版的大趨勢，秀威資訊率先運用 POD 數位印刷設備來生產書籍，並提供作者全程數位出版服務，致使書籍產銷零庫存，知識傳承不絕版，目前已開闢以下書系：

一、BOD 學術著作—專業論述的閱讀延伸
二、BOD 個人著作—分享生命的心路歷程
三、BOD 旅遊著作—個人深度旅遊文學創作
四、BOD 大陸學者—大陸專業學者學術出版
五、POD 獨家經銷—數位產製的代發行書籍

BOD 秀威網路書店：www.showwe.com.tw
政府出版品網路書店：www.govbooks.com.tw

永不絕版的故事・自己寫・永不休止的音符・自己唱